U0069492

毛蟲怪
奇幻冒險旅程
第二部曲 洪水泛濫

陳怡薰、皇吟 文／Joanna Hsu 圖

推薦序一

在一開始拿到這本書的時候，最吸引我的莫非是封面那對於「繪本」的想像。我是一名溜溜球表演藝術家，也是一個孩子的爸，每晚孩子睡前必定要我讀上一本故事書才肯睡覺，我也很喜歡這個過程，因為你可以透過各式各樣的故事，告訴孩子那些學校不會教他的事。當我翻開第一頁，吸引我的反而不是圖畫，而是那精雕細琢的文字，彷彿就像觀看電影《看見台灣》，除了美好畫面盡收眼底，你更需要的是一字一句有想像力的文字，去完美作者所建構的世界。Garden Friends工作室在這本書創作出六隻可愛的毛蟲主角，帶領讀者透過微 觀的角度看世界，您將與孩子共同面對低谷、憂愁，並找回自信、愛與勇氣。

生活當中本來就有很多未知與挑戰，開心、歡笑是情緒的一部分；難過、挫敗也是情緒的一部分，人生本來有高有低，若能以正向的態度面對生活中的困難，那些經歷往往才是人生最值得跟他人分享的故事，期待家長們可以透過這本書及接下來的二、三部曲，陪伴孩子一起成為有故事的人！

楊元慶　臺灣溜溜球大賽冠軍
溜溜球雙金氏世界紀錄保持人

推薦序二

這是一本充滿驚奇、節奏緊湊，令人無法預知情節的作品，筆者將城市裡幾乎快見不到的毛毛蟲，擬人化為六隻毛蟲怪成蝶的蛻變；插畫裡，超萌圓滾滾的大眼兒，第一眼讓人看了就充滿療癒效果，一路上所面對的是令人瞠目結舌的大自然變化，災難接二連三不斷地發生，令他們措手不及，應接不暇，完全沒有一點時間讓他們喘息一下，甚至面對同伴的離去，也來不及反應就必須得再面對下一步的難題，雖是如此，但卻能關關難過關關過，最終目的就是要完成畢生任務，在充滿奇幻冒險的旅程裡，最終就是要蛻變成為蝴蝶，這樣目標明確就是要完成使命。面對許許多多的困難險阻時仍舊思毫不動搖，這毛蟲怪哪來這麼大的意志力？當然是從萬有創始者上帝那頭來的！在經歷千變萬化的危難之間，說此時那時快的每一個環節都有天使翩然降臨，若不是上帝巧妙的安排，怎麼能在最軟弱無能的階段還能通過大自然的考驗呢？！步步充滿冒險精神最終化險為夷，安然度過冬藏時節！讀者也會清楚知道接下來等著他們的就是一個全新的季節！

本人身為皇吟的多年好友閨蜜，過去一起在馬偕披星

戴月的同事情誼，加上現在同為天國公主的身分，能夠受邀來寫推薦序，覺得自己就好像筆者下刻劃的那一隻啃書蟲！在不經意的片刻把書上看到的東西用到生活上！而親愛的她也將自己過去生活歷練轉化於創作毛蟲怪故事上！起頭於夢境裡的樹屋畫面，進而將這些片段連載成為三部曲，這是我當了她半輩子朋友，想都想不到的驚喜！

期待更多人能在這三部曲當中，找到勇氣與向前行的力量。

何孟霓　TLI 漢語教師
筆者好友　感動推薦

自序

喜歡寫作，喜歡在文字裡夢遊，
感謝遇到皇吟姐的提攜，
進而加入這三部曲的文字創意平台，
從一開始的萌芽與溝通澆灌，
文字像植物一樣接獲了陽光空氣和水的潤澤，
萌芽後慢慢成長茁壯，
從筆觸修飾到一個階段的完成都是甜美的果實，
希望這三部曲可以獲得大家內心的迴響支持與鼓勵，
那就是我們造夢寫作與夢同進的一座穩定基石。

怡薰
真情推薦

目錄

第十一章
意外離開的跟屁蟲

溪水暴漲泥流湍急，使土石崩落，不斷不斷的浸刷，山坡地的泥水與石塊往下游奔竄，一場突發的土石流讓奇幻村情況十分危急，混亂得令人觸目驚心。山崩坍、土石移位使奇幻村美景不再，大洪水無情地帶走一切，檬村長及昆蟲們內心受到不少的衝擊……

此刻受傷的粉金鳥，忍著傷口的疼痛，繼續保護著毛蟲，讓他們可以在斷裂的小樹枝上結蛹。等粉金鳥冷靜下來，數了數發現，少了一隻跟屁蟲，此刻的大家為了保命實在沒有力氣哀傷，小小的樹枝包裹著蛹葉，順著湍急的洪水奔流直下，他們經歷溪水大石的撞擊仍緊緊地貼靠一起。

不料河道後端竟出現了大瀑布，大家心裡想：「這下沒救了！」唯有嘮叨蟲內心不停地禱告祈求。說時遲那時快，整串小樹枝就這樣在來勢洶洶的大瀑布下散開，所有的蟲蛹都四分五裂地跌入了大海……

海裡有一堆垃圾，除了佈滿可怕的咖啡色油漬，還有許多發臭的魚屍，混濁的海水和噁心的環境令人無法置信，粉金鳥才不想讓毛蟲們在這污染的環境裡待著呢。

這時，聰明的粉金鳥刁來了一個大空瓶，把每個蛹放入瓶內，還用鳥喙戳了幾個洞，就這樣坐在瓶上，領著毛蟲們繼續在茫茫大海中載浮載沉，有了粉金鳥細心保護，毛蟲們暫時很安全。

經歷了奇幻村大浩劫，大家的心情從驚嚇惶恐漸漸轉為無聲沉默，粉金鳥帶著無助心情與毛蟲們在漂流，忍不住打起盹來。放眼望去，是一片無邊無際又碧綠的大海，海上有幾艘漁船，天空偶有海鷗出現，襯出海景的波光與綺麗。但大伙兒根本無心欣賞這寧靜安祥的風光。

黃澄澄的夕陽映照，海水滿盈，浪濤一陣陣拍打著海面，波光粼粼，甚是美麗。毛蟲們漫無目的地在海上漂流著，即便有海鷗和粉金鳥陪伴，仍不知該往何處去，只能靜默等待，疲累的心讓大伙無法振奮，只能隨著海潮一直漂一直漂，心境也盪到谷底。

第十二章
大海漂流

粉金鳥難過地吹奏起離別的樂曲，毛蟲們聽了曲子更加悲傷，不再壓抑內心的悲痛，想念著跟屁蟲開始啜泣，一隻開始哭，第二隻也忍不住，大伙一起痛哭一場，一波波海浪和大家內心裡的波濤洶湧情懷相仿，浪潮拍打的聲音和內心的悲慟同樣停止不了……

秋日海風徐徐吹來，格外地寒冷，粉金鳥與毛蟲在海上漂流了好幾日，也不見船的蹤影。當粉金鳥正躊躇該往哪方向前進時，出現一群正往北方飛去的黑冠麻鷺，其中一隻是粉金鳥的閨蜜，他好高興啊！飛下來跟粉金鳥打招呼：「能遇見妳，真是太奇妙了！」

粉金鳥露出他鄉遇故知的喜樂，於是將奇幻村遭洪水泛濫的一切經過告訴黑冠麻鷺們，黑冠麻鷺聽完後，答應粉金鳥要將好友的蛹帶去安全地方安置，閨蜜說：「這還不簡單，跟著大伙兒一起走就沒問題！」

粉金鳥告別了毛蟲及黑冠麻鷺們，展翅高飛，準備回
奇幻村重建自己的美好家園。於是黑冠麻鷺將瓶罐用
後腳緊緊握住，再次飛起，告別了粉金鳥後與同伴們
前往北方棲身，飛行時還會輕快的啾啾啾鳴唱著，讓
毛蟲們開懷地在蛹內享受美妙樂音與律動。海豚聽到
也一起表演波浪熱舞，這一串串美妙的樂音也把金黃
色長吻蝶魚引來，浮出水面與海豚共舞，這片汪洋瞬
間成為海洋生物的華爾滋舞場！

突然間，平面上躍出一隻身長30公尺、雜色系背部和
尾鰭呈灰色的藍鯨，貪食的大鯨怪無預警地噴出兩層
樓高的水柱，諾大的水柱沖力擊中黑冠麻鷺緊抓的毛
蟲蛹藏身處，瓶罐被水花沖破，四分五裂，所有毛蟲
蛹全掉入了深海中……黑冠麻鷺們見到這突來的衝
擊，內心慌亂也難以置信，本來大伙兒開心歡樂地以
為身處於安心之所，沒想到這30公尺巨大藍鯨竟以水
柱突襲，噴走了毛蟲蛹們！巨大藍鯨並不友善，不可
捉摸的行徑著實令人毛骨悚然、抓不著頭緒。當黑冠
麻鷺遇上貪食藍鯨，也顧不得毛蟲蛹了，為了確保自
己的安全，只好一溜煙地飛散離去！

第十三章
奇幻的海生物

所有的毛蟲蛹因體型太輕而順著海潮往下，掉入大海裏，愈落愈深、愈落愈沉⋯⋯

落入海底時碰觸到美麗的珊瑚、許多發光的綠色花蘑菇，還有超奇異的紅紅嘴唇蝙蝠魚，景象閃閃動人，深海裡的搞怪生物令大伙開了眼界。接著，大家見到一粒粒花生米大小的物體散開，大家懷著好奇心，驅往想一探究竟。此時，蝙蝠魚立刻吆喝著：「翻船了！翻船了！」花蘑菇接著說：「傻蛋，這是蝴蝶魚的排泄物，很臭的，別太靠近啊！」
大家一聽是蝴蝶魚的排泄物便快速散開。

毛蟲蛹就這樣慢慢地沉入大海，
愛睏蟲難過地說：「難道束手無策的我們只能在這裡坐困愁城？」

唉～在大家一籌莫展時，啃書蟲突然想起檬村長給的手卷書，上頭密密麻麻的字都被啃書蟲啃進腦海中，印象中手卷書裡的魔咒只露出二回的字句，於是啃書蟲就不斷不斷地唸著魔咒，腦海中竟神奇的出現看不

懂的形體，有了！是它！

啃書蟲唸完之後，蹦蹦！自動蹦裝彈出全套潛水裝備，每隻毛蟲蛹都自動穿上了透明潛水衣，還附有泳鏡和氧氣瓶，保護毛蟲蛹可以自在呼吸。毛蟲蛹們驚喜：「哇！太神奇了吧！真感謝檬村長給的手卷書！也感謝啃書蟲，機靈地記住那些魔咒，才能在緊急時刻解救大家啊！」啃書蟲聽完：「看吧！多讀書還是有用的，吸收的知識可以成為大家的救命神器呢！」

身著潛水衣的毛蟲蛹們在海裡盡情自在地游玩，慢慢放鬆下來觀察深海奇景，有別於陸地，在黑鴉鴉一片的海底，可以見到許多會發光的魚、烏賊、章魚還有成群的蝦在海底悠游著。

一隻特別大的章魚向毛蟲們游來，頭頂上還發著光，看到章魚會發光，大伙兒嚇得不敢亂游亂跑。長相奇特的深海鮟鱇魚，頭吊著一盞柄狀燈籠，見毛蟲蛹們就張大嘴說：「小伙子，滾開！別擋路！」大伙兒聽到鮟鱇魚兒悍的口氣，趕緊退得遠遠地，讓這位老兄順利前行。

為了安全起見，毛蟲蛹決定跟著小蝦群遊行，但牠們
速度實在是太快，一瞬間就跳躍好幾尺、不見蹤影。
毛蟲蛹們跟不上小蝦群，只好尋覓其他海生物帶路。
此時，嘮叨蟲發現一顆黃綠光的大燈泡，便游近一
瞧，原來是海蝸牛耶！一閃一閃發光的海蝸牛，身體
紋路真美！大家看得目瞪口呆。頑皮蟲還徑自跑進發
光蝸牛家，不料被海蝸牛踢得遠遠，海蝸牛發出呼嚕
呼嚕聲叫著：「是誰這麼無理？快走開，別吵我睡
覺！」

大伙兒覺得海裡的生物雖然美麗，但個性都相當冷漠，有些甚至很火爆，不是很友善，真沒趣！於是牠們決定往淺海方向順游，找其他安全區休憩。途中遇到一隻正準備游去淺海區找朋友的深海蝦，牠那金銀相間的鰭鱗雖有特色，但臉部表情竟像極了牠們以前遇過的尖牙獸，想起那可怕的模樣，嘴中還噴出彩色火焰……目睹多隻可憐的小小蝦子就活生生地被深海蝦吞食，毛蟲蛹見證了海中殘酷的獵食過程，嚇得不知如何是好……

暗湧的深海有太多突發危機和不可信任的海洋生物，毛蟲蛹們深怕這些深海妖獸會以迅雷不及掩耳的速度，張開血盆大口，一口將牠們吞下。大家拼命往上游，氧氣逐漸消耗，呼吸越來越不穩定……內心焦急之際，又猛見毛蟲蛹的天敵──海蜘蛛游了過來……

紅色海蜘蛛帶著幾條黃點的細腿，炯炯有神地望著這群毛蟲蛹，準備對牠們展開攻擊，毛蟲蛹們不約而同地喊著：「快逃！」牠們氣喘吁吁、用盡全力分散狂逃！一陣兵荒馬亂之後，愛睏蟲蛹被海蜘蛛的長腿勾住，生命危急，大伙兒不知如何是好。此時，救妹心切、正義感十足的大力蟲不顧自身安全，趕緊踢掉氧氣鋼瓶，拼了老命敲打海蜘蛛的長腿。

海蜘蛛哀喊著：「唉喲！痛啊！」

混亂中，濺起的泥沙使海水混濁，毛蟲蛹們趁海蜘蛛鬆懈時，奮力逃脫。結果又迎來一群海蜘蛛圍攻……

幸好海神眷顧著這群弱小的毛蟲蛹。一隻頭部透明的奇異魟魚即時出現，兩個渾圓的綠色物體附貼著牠的眼睛，長相相當逗趣老實。魟魚對著毛蟲們喊著：「大家趕緊坐上我的背！」

大伙兒立刻緊貼魟魚，讓這位救命魟魚載他們遠離深海、逃到海面上。丟了氧氣瓶的大力蟲差點兒沒了呼吸，還好熱心的魟魚親自將每個毛蟲蛹放入潛水鏡內，讓大家能安全的漂移，這貼心的舉動，讓毛蟲蛹們感動地熱淚盈眶，並相信深海中還是有許多善良的

海生動物。可惜大家還來不及表達感激之意，魟魚就匆匆地離開了，真是一隻善良不求功勞的好生物。

第十四章
發現!海底金字塔

毛蟲蛹們決心不再胡亂游，避免游去有陷阱的區域，大伙往上游時發現大片綠藻後方，有一座美麗古老的海底金字塔，這金字塔年代久遠，陳舊的樓梯和外牆被許多海藻和海草覆蓋著，隱約能見到三角型的大基座穩穩座落這區，毛蟲蛹們覺得非常神奇，以前陸地上見過的金字塔，居然也出現在海底。

大力蟲剛剛差點就失去性命，他便跟啃書蟲說：「不要再游下去了，若再發生氧氣桶故障事件可是會沒命的。」大力蟲抓了大浮木讓大伙抓浮著節省力氣，可是啃書蟲說：「這海底金字塔百年難得一見，我得再下去一探究竟我才不會遺憾！我想親眼見見這美好的建物。」嘮叨蟲說：「那我跟你下去吧？兩個一起也比較安全，有伴就安心！」其他毛蟲們跟著大力蟲抓著大浮木，在海面上等待，啃書蟲依浮木做好定位後說：「我們觀察完海底金字塔就馬上游上來找你們。」

留大力蟲和愛睏蟲及頑皮蟲在浮木上繼續漂流著。啃書蟲和嘮叨蟲再次下海說：「我以前在看書中說，這世上共有二十一座金字塔散落在我們居住的星球上，

22

所以眼前這座應是二十一座其中之一座了，我們實在太幸運了，可以親眼見證這宏大的建物，真令人興奮。」嘮叨蟲說：「那我們來觀察看看這海底金字塔裡有沒有可深入探勘的地方，過幾千年了，它居然能在海底存在這麼久。」

第十五章
地震大海嘯

啃書蟲撥開大片海藻順利游入金字塔，這時海底發出一股轟隆轟隆的移動聲響，感覺是地震耶？嘮叨蟲說：「我們不會那麼倒楣吧！遇到這麼多怪事還遇到地震！」這時震動愈來愈強烈，古老海底金字塔邊陲的小石頭接縫處，居然被搖出一些裂縫。海生物們開始亂游亂闖，嘮叨蟲攔下一隻小虹魚問：「發生什麼事？大家都很慌亂吧！」小虹魚急忙說：「應該是傳說中那百年大地震的周期到了，所以這座金字塔邊陲才會發出警訊、落下小石塊，以前的書中有記載百年前的滅絕大地震，據說發生前就和現在一樣可怕～」小虹魚說完便不顧毛蟲蛹，獨自游走逃命去了！

啃書蟲和嘮叨蟲聚在一起，準備躲在金字塔旁的一棵大紅樹根底，紅樹根緊緊盤踞金字塔使之屹立不搖。海底一震再震，附近的魚兒和奇異的海生物早就躲到更深的海層去了，留下少許小蝦無法游太深層，因為那裡會有更兇殘的海生物會攻擊牠們。

此時嘮叨蟲眼睛一亮，發現了一顆散發七彩光線的靈石，這靈石會微微滾動，偶爾停下來靠在金字塔出

口，這美好的發現讓啃書蟲又驚又喜，因為那和啃書蟲的魔書內記載的靈石是同一顆，書中寫著：「順著靈石光投射至海面的方向就是平安的出口。」聽完啃書蟲機靈地說：「我們快跟著靈石指引的方向游，一定可以游出去的。」

兩蟲奮力往上游時，海底再次移位，地震這回把海底金字塔頂部的小石塊都震碎，散了一地。在海上等待的毛蟲蛹感受到海底震波洶湧，不知如何是好，一道強烈的波浪把兩蟲震上海面。地震斷層使海面揚起十米以上的巨大海嘯，巨浪把海面上的浮木拍走，大力蟲被這一波嚇了一大跳，情急之下大喊：「大伙快抱在一起、圍成一個大圈，這股巨浪也許可以幫助我們回到安全的陸地上！」

巨浪一波又一波推著，把毛蟲蛹們推到海岸邊，也把其他海生物推到不同的海域。在巨浪接觸陸地時，毛蟲蛹們團結圍抱形成的保護圈，千鈞一髮勾住了岸上的千年老樹，勾住後大伙奮力往上爬，在樹上耐心等待地震停止、海潮退去。

啃書蟲和嘮叨蟲靠著魔書的定位系統，追蹤到大力蟲原先抓的浮木，幸好這棵浮木最後卡在千年老樹附近，頑皮蟲看到啃書蟲和嘮叨蟲奮力游向浮木時大叫：「快游過來集合，快！我們在這裡！」

隱約聽到頑皮蟲的呼喊聲，啃書蟲和嘮叨蟲才終於找到其他毛蟲們的身影，費了九牛二虎之力游到岸邊。大伙棲於千年老樹上才免於被沖走的命運，沒想到能再度相聚，受到極大驚嚇的毛蟲蛹們都忍不住哭了！

第十六章
魔幻島上的新朋友

過了一天一夜，海嘯巨浪終於平靜，海水也從岸邊退去，這時，千年老樹說話了：「大家都平安了，可以放下我的樹臂嗎？你們一直勾著我使我的手好痠啊！」毛蟲蛹們驚呼：「樹說起話來了！？」驚呼之餘連忙跟千年老樹道謝。樹邊的胖胖花仙子飛舞過來打招呼：「你們怎麼會從海中冒出來？你們穿得好特別喔！都戴著氧氣罩好可愛喔！」

大力蟲被胖胖花仙子稱讚，顯得有點害羞，臉居然漲紅了起來！

嘮叨蟲回應熱情的胖胖花仙子：「還好有千年老樹相救，我們才能平安無事活下來。」胖胖花仙子接著說：「這裡是適合物種生存的魔幻島，只有善良的物種才能在這裡存活，因為魔幻島的土壤會分泌一種氣味，若是心存惡念的物種會受不了氣味而離開魔幻島，看來你們大家都通過了魔幻島第一關的考驗了……。大家鼻子沒有不舒服吧？！」

毛蟲蛹們紛紛脫下氧氣罩，深深吸了一大口新鮮空氣，大伙眾口一致讚美道：「好清新的空氣喔！都沒有污染吧！」胖胖花仙子回答說：「那當然！魔幻島上的空氣是世上最乾淨的空氣！」

這時，可愛的土撥鼠樂樂從樹洞底跳出來：「我聽到胖胖花仙子的聲音了，歡迎各位新朋友到我們魔幻島來喔！」土撥鼠樂樂端出了自己存很久的堅果請大家食用。毛蟲蛹們再次打開心房，歡欣接受樂樂的大方！夕陽西下，胖胖花仙子邀請大家到蟒蛇爺爺的住家去暫住，蟒蛇爺爺是魔幻島上最年長的動物，島上所有新來訪的動物都要去拜會牠。

胖胖花仙子領著大家來到蟒蛇爺爺家門口敲門，蟒蛇爺爺好像早有預感會有新客來訪，便泡了茶招待大家，一起聊聊天。大伙一直聊到星星出來還意猶未盡，還好蟒蛇爺爺家的客房很大很舒適，可以馬上讓這群毛蟲蛹們休息。胖胖花仙子說：「大家今天一定累壞了，就好好在蟒蛇爺爺家睡覺，明天我們再來找你們喔！」

躺在罩著透明玻璃罩下的客房裡，毛蟲蛹們感受到星星的美麗，數不完的星星一閃一閃地像是慈愛老婦人的眼睛，望著滿天星系嘮叨蟲不禁流下想念的眼淚。

次日毛蟲蛹們起床後，蟒蛇爺爺為大伙們準備了早餐，大伙圍在院子前的大樹下享受著。

歡迎大家來魔幻島，我來和大家分享島的由來：「來到這座島前，我就聽過前人講述這段古老的傳說，這座海島有一股神祕引力，地圖上是搜尋不到的，直至目前仍保持神秘。某天，有艘船在海浪中翻船，船上有位極愛植物的人帶著滿滿的花草種子，準備去村庄種植灌溉，為了讓世界上汙污的空氣被植物過濾，透過綠化使空氣更清新、舒暢、環境更優美。她那美好的願望卻因為船難破滅，船上的種子漂流到魔幻島上，也漂靠到各處，經過好幾個月，也許是因為日夜潮汐的關係，使種子無法落地生根。後來，有愛心的她將靈魂附託在一顆種子上，落在善良土壤中，漸漸發芽茁壯，最後成為救了你們大家的那棵千年神樹。奇妙的是，魔幻島上的植物愈長愈好，無論是什麼花仙兒及果實，在魔幻島上滋長後都帶有神祕的靈性，土壤也能辨別物種是否適合居住在魔幻島上。這就是魔幻島傳說，而我也在這島上安養百年以上了，能遇到你們這些毛蟲新朋友的到來，真的很開心。」

毛蟲蛹們邊吃早餐邊聽蟒蛇爺爺說故事，大家都聽得意猶未盡，頑皮蟲說：「我們也要感謝魔幻島的千年神樹及時拯救大家，還有島上幫助我們的朋友啊！」

嘮叨蟲聽完頑皮蟲如此感性的發言：「頑皮蟲懂事了，會主動感謝朋友呢！這一定是魔幻島的善良因子成就了這件好事。」

啃書蟲抓抓頭：「原來這魔幻島有奇怪的引力喔！難怪我魔幻書上的地圖都搜尋不到。」

蟒蛇爺爺接著說：「島上不僅有奇妙的引力，日夜不同時段還會有神奇的飄浮感，你們住久了就能夠感受到這股飄浮力量。」大家聽完覺得真是不可思議。

第十七章
島嶼水上樂園

分享魔幻島的由來後，蟒蛇爺爺便邀請毛蟲蛹們定居下來，因為蟒蛇爺爺發現毛蟲蛹們身體已經變硬，而且顏色漸漸變深，這恐怕是蛻變前最後一次的自由蛹變異了，有學問的蟒蛇爺爺知道毛蟲蛹們經過最後一次變異就要冬眠，所以建議毛蟲蛹們把握最後這些日子，在島嶼水上樂園盡情玩樂。

蟒蛇爺爺說：「大伙來到魔幻島，讓這座島變得更熱鬧了，希望你們在島嶼水上樂園可以享受天然滑水道還有蕨類植物盪鞦韆、天然氣泡湖、挑戰性最高的魔幻島攀岩。我年輕時都玩過、也挑戰過了，現在我老了，身體玩不動了，年輕的你們盡情去玩吧！昨晚我有交代草莓姐姐幫各位帶隊，但是你們要先穿好裝備再出發喔。」

架上擺放以前魔幻島動物們所穿的迷彩衣，讓毛蟲蛹們去試穿。毛蟲蛹們聽完高興的穿上蟒蛇爺爺準備的運動迷彩裝，展現自己美好的身段。穿著綠色褐色相間的迷彩裝的毛蟲蛹們各個都超神氣呢！

大伙著裝後，草莓姐姐準時來到集合地點，帶毛蟲隊前往第一個場景——由很多石頭和天然水晶排列出來的「天然滑水道」，從高聳的瀑布頂端順著水滑下來，真是太刺激了。特別的是，一有動物滑下時，就會產生美麗的彩虹呢！毛蟲蛹們一滑再滑，帶來的動力使天空劃出好幾道美麗的彩虹。

啃書蟲說：「我還是玩蕨類植物盪鞦韆好了，那滑水道有點太快，我心臟受不了啊！」

嘮叨蟲和頑皮蟲跳進了天然氣泡湖裡享受慢活身心，這時有好多可愛的水母寶寶與毛蟲一起在天然氣泡湖裡飄浮著，大伙圍繞著氣泡享受療癒的泡泡澎澎。

大力蟲則是拉著愛睏蟲要去攀岩，很少運動的愛睏蟲被強迫去攀岩，表情顯得有點為難。大力蟲罵著：「你再不運動只想一直睡，我下次不留食物給你吃了。」愛睏蟲聽完教訓只好跟在大力蟲後頭，努力抓著壁上不規則的石頭，一步一步往上挑戰，不敢再偷懶了。

熱鬧的魔幻島樂園讓大伙一玩再玩，意猶未盡，每項挑戰都十分刺激，讓大伙直呼過癮！

草莓姐姐也陪玩得好累:「明天你們就由胖胖花仙子和土撥鼠帶隊前往第二挑戰區,那裡有高空彈跳和熱氣球,還有山坡滑板區,可以享受不同的樂趣喔!今天晚上大家就好好休息吧!我實在太累了!」說完就乾縮成一顆褐色的草莓～大家也有禮貌地跟草莓姐姐道謝!一一回到休息區梳洗睡覺。

次日早晨大伙梳洗完畢後,來到胖胖花仙子指定的衝浪區。胖胖花仙子早已隨著波浪的起伏,秀著她的衝浪技術,雖然她身材體型胖胖的,但站在衝浪板上非常輕巧,熟練地在衝浪板上輕躍,調整每一波浪潮的拍打,做好平衡動作。隨著海浪拍打的瞬間,似乎能感受到胖胖花仙子站在海中與大自然力量合為一體。頑皮蟲目睹這一幕,便躍躍欲試,但心想,這衝浪板的用法可能與滑板車完全不同,忍不住問胖胖花仙子:「你好棒喔!可以教教我嗎?」

於是胖胖花仙子開始講解:「首先要先在沙灘上練平衡喔!衝浪板站的位置太前面、太後面、歪斜都不可以,雙腳需要踩在衝浪板的重心位置,並盡量讓雙腳壓低,穩住身體平衡,避免因重心不穩摔下海。你可以先在沙灘上,從最基礎的趴在滑板上練起,將你的後腳往前移到前腳旁邊,身體倚著,腳趾垂在板頭前方。膝蓋微彎,用腳跟駕乘這道浪。這些練習急不得,等基礎打好了,便能親自感受大海波浪的力

量。」頑皮蟲專心聽著胖胖花仙子的指導，認真學習，他的好學態度讓胖胖花仙子感到愉悅。

另一項遊戲「高空彈跳」是高刺激、高挑戰的活動，有心臟方面疾病的動物們可別輕易冒險！

魔幻島設計的高空彈跳大約有一百公尺，上面告示牌寫得很清楚，吸引著大膽的朋友來嘗試。對於身長不到30公分的毛蟲蛹來說，高空彈跳絕對是相當危險的活動，大伙兒目睹土撥鼠一回一回地從千年神樹長條樹枝圈住腰部，然後倒數3、2、1往下跳去的畫面，深怕樹枝一不牢固就可能把牠扔得遠遠地，畫面驚心動魄，土撥鼠彈跳下去時快掉到地上，情急時，就得自己抓住樹枝盪回來，若是一閃神沒抓著的話，必定會摔得悽慘！

驚險的情景使毛蟲們不敢嘗試，更別說是腳已開始發抖的愛睏蟲。嘮叨蟲和啃書蟲也不約而同地說：「我看我們下回再玩吧！」礙於面子問題，啃書蟲巧妙的說：「等我變成了蝴蝶，一定來挑戰。」胖胖花仙子及土撥鼠聽著，便開懷大笑起來！

黃昏時，土撥鼠當起司機，架起一台大大的滑翔翼，外觀就像一隻巨大的老鷹，毛蟲蛹們登坐在滑翔翼上享受著遨遊空中的舒暢，觸摸著漸漸變深紫色的雲朵，黃昏的天空呈現不同的色調，有橘色、深靛色、還有深紫色，準備入夜的天空散發不同的情懷，頑皮蟲這時懷念起以前在庭園樹屋的糖果屋，幻想著漸層的白雲變幻成七彩顏色、形狀不同的冰棒，一口一口再一口，幻想著糖果及巧克力布丁，還有可口的餅乾和馬芬蛋糕……等等！？那是什麼聲音？

原來是大伙的肚子發出咕嚕嚕的聲響，玩太久肚子實在太餓了！從空中俯視，魔幻島亮起霓紅燈，呈現動人的色澤還有Love光體字，觸動了每隻毛蟲蛹溫柔的心，他們默默地祈禱著，世界上每一位好心、友善的動物好友們都可以平安快樂，心中充滿無限的感謝。

夜幕低垂，大伙回到蟒蛇爺爺為他們準備的美味晚餐，天空飄下了美麗的秋楓，秋末的氣氛愈來愈濃烈了，楓葉紅風景美，真是療癒！

第十八章
變種土壤怪再次現身

蟒蛇爺爺替這群毛蟲蛹感到欣慰，大伙在魔幻島相處地十分愉快，毛蟲蛹們對許多挑戰課程都勇於嘗試。蟒蛇爺爺：「為了讓各位可以達到更多的獎勵，只要挑戰完一季的運動課程，就可以拿到季節獎章。一年之中最先得到四季獎章的朋友，可以獲得神祕大賞。」大伙聽完這樣的鼓勵，內心更激動了！

愛睏蟲一聽：「我不能再貪睡了，這個秋末之前我要挑戰四項全能，給自己訂一項偉大的目標。」
嘮叨蟲說：「真是太棒了，愛睏蟲都可以這麼有動力，那我們還等什麼？」

當大家正歡欣鼓舞，準備著裝、再次出門時，地底卻傳來一陣一陣的震動聲，這種聲波讓毛蟲蛹們感到熟悉的害怕，島上的其他動物們也感到相當不安，天上的飛鳥焦慮地拍打翅膀，森林裡的樹叢也被地底搔癢得微微晃動，千年神樹說：「這不太尋常喔！過去幾百年都沒有這樣的震波，大家要小心，提高警覺。」

雖然島上偶爾會有小震源，但是這次的特別奇妙～待大家都平靜下來等著看地底發生什麼事，結果卻什麼事也沒有發生，大伙心情再次回到平常那般，著裝後出發，前往海邊做水上挑戰活動。今日草莓姐姐為大家準備了水上立槳和水上漫步這兩項運動，在冬季來臨前，只餘下一個月可以從事水上活動了。

來到海邊，大伙穿上不只有急難飄浮裝備，還附有吹哨可以緊急求救的特製泳衣。大伙做完暖身操，愛睏蟲首先站到立槳上，草莓姐姐稱讚牠的勇氣，給了牠一個小小飛吻～

其他毛蟲蛹們紛紛開始在水上立槳上練習平衡與前進，這時海面突然湧來一波比較大的浪，草莓姐姐要大家退至沙灘上，請啃書蟲用魔幻書查一下今日海潮表。退到沙灘上的大家，感受到海浪中有奇妙的生物往魔幻島的方向前來。千年神樹在島上站得最高，看到一隻很像巨大章魚的生物迅速地衝到島上來，吩咐蟒蛇爺爺先保護毛蟲蛹們。

蟒蛇爺爺飛快地用牠那巨大的身體包圍著毛蟲蛹和草莓姐姐，這時一股巨大海浪推來，從浪中滑來一台帶著火炬滾輪的鋼鐵水上摩托車，尖牙八眼臭蟲從海中竄出，原來這隻看似章魚的生物就是尖牙獸變異出來的臭蟲，變種後有八顆眼睛和帶刺的四肢，長相十分

噁心。牠只要一張眼就會噴出紅色煙污，這些煙污散發惡臭且具有腐蝕性，大伙被這隻似曾相識的尖牙八眼臭蟲嚇到，毛蟲蛹們大喊：「以前我們受過牠的攻擊，怎麼又變成這副模樣跑來魔幻島？」

「大家快跳上我的背部來啊！」蟒蛇爺爺說完，便載著大家躲到千年神樹上，並叮嚀毛蟲蛹們抓牢，避免危險。大家驚魂還未定，假裝成章魚的尖牙八眼臭蟲又再次騎上牠的火炬鋼鐵水上摩托車，在沙灘上亂闖、到處噴紅煙，魔幻島上一個個脆弱的綠芽和小蟲們被臭味熏死了⋯⋯

這時草莓姐姐將身上的棕花種子當成子彈，射向尖牙八眼臭蟲，但草莓姐姐的力量實在太弱小，發射完種子子彈後便大聲呼救，千年神樹聽見了，立馬伸出樹枝鞭打摩托車前輪，不料這攻擊對鋼鐵製輪胎的摩托車來說根本無效，無法使其停下。

胖胖花仙子緊急變出一些薄如蟬翼的面罩讓大伙都罩上，優先避免尖牙八眼臭蟲首發的煙污攻擊，再來是蟒蛇爺爺以舌頭發出獨特的嘶嘶聲響，並用巨大的身體圍住摩托車，不料車身實在太堅硬，馬上就脫離了蟒蛇爺爺的束縛攻擊。

弱小的土撥鼠也想盡一己之力幫忙，急忙拿出一大包的栗子，朝尖牙八眼臭蟲的眼睛丟去，雖然作用似乎不大，至少讓眼睛微微腫起的尖牙八眼臭蟲先驅車離開。不過這八眼臭蟲可不是省油的燈，牠不時變回章魚，不時用火炬滾輪噴出火苗、四處破壞，態度高傲地叫囂：「你們這些自以為是的弱小臭毛蟲！膽敢輕視我，這次我可是有備而來，別想輕易打敗我！」

啃書蟲眼見情勢危急，拿出地圖查詢發現他們所處的三十公尺外，有一座地底活泉，便請求土撥鼠幫忙，與大伙一起往地底挖。有了大家通力合作，馬上就挖到活泉，洞口即時湧出大量泉水把尖牙八眼臭蟲噴回海裡，不服輸的牠被沖走前還烙下狠話：「我絕對會再回來找你們的！」

這時千年老樹說：「大家趕緊趁現在回魔幻島，我要施障眼森林魔法，用我的樹葉和樹枝把魔幻島包起來。」千年神樹的葉片快速長大，枝幹快速伸長，密密麻麻的樹葉與樹枝交錯編織，把魔幻島變成一顆綠色苔球浮在半空中，隔絕外界干擾，暫時獲得平靜。

思考時間
遇到困境孤軍奮戰，若有二人便能增加力量，三股合辮，堅不可摧不容易折斷。表示在任何困難危急時，團結力量是多麼重要！

第十九章
再度戰勝

變種土壤怪無法攻擊飄在空中的魔幻島，無奈只好作罷溜走，魔幻島變成苔球停在半空將近一個月，入冬的氣氛愈來愈濃郁，天空變得平靜，下起白罿罿的雪花，晶體巧妙地在雪花上散開，呈現不同的六角型。魔幻島的千年老樹說：「相信我們再度戰勝了那可惡的臭蟲，冬天來了，魔幻島即將開啟，迎接美麗的雪精靈們從天而降。」

語畢，千年老樹開始動動身體，把那緊緊抓牢的樹枝一一放鬆，魔幻島從圓圓的空中苔球回到過去那美麗的模樣，真是一座萬物皆有靈的神奇之島，小動物們開心地在草地上跳來跳去，草莓姐姐和胖胖花仙子準備好好舒展筋骨、曬曬冬日的太陽、做做日光浴。土撥鼠也拿出牠深埋地底已久的堅果和栗子出來了呢！

大伙籌備著冬日慶功宴，蟒蛇爺爺交代大伙各自準備兩份餐點，晚上一起分享一起同樂，慶功宴就是要熱熱鬧鬧開心唱歌跳舞才對啊！夜幕後，慶功宴開始了，大家端出美味的餐點和蛋糕點心等等，圍著燃燒的火團高歌、跳舞慶賀，場面溫馨又美妙！大伙沉浸在詩歌和美酒的愉悅氣氛裡，不亦悅乎～

第二十章
雪精靈報喜

「雪花慢慢飄落，但雪精靈怎麼遲遲沒有現身？」蟒蛇爺爺正喃喃自語時，雪精靈即刻出現在蟒蛇爺爺頭上跳著：「是不是在等我啊？爺爺～一年沒見，有沒有很想我啊？」蟒蛇爺爺一聽，開心地大笑著……

雪精靈一年一次的到訪，讓魔幻島民們都雀躍不已！
紛紛要跟雪精靈說話呢！

土撥鼠拉著雪精靈的手說：「雪精靈姐姐妳知道嗎？
我們之前受到可怕的外來八眼臭蟲攻擊吧！大家差一
點都沒命呢！還好有千年老樹和蟒蛇爺爺，以及大家
共同合力趕走那臭蟲才恢復了魔幻島的安全呢……」

土撥鼠話匣子一開就停不下來，胖胖花仙子過來阻止
土撥鼠：「你讓雪精靈休息一下嘛，她一直聽你說不
停，也太累了吧！快去端你的堅果和栗子來給雪精靈
品嚐一下啦！」

雪精靈參與了慶功宴，她雙手一揮一道美麗的雪花虹
就出現，點綴了平淡無奇的夜空！接著飛到空中為每
隻動物撒下幸福雪花祝福語。

第一片獨特的雪花撒在千年神樹上：「衷心祝福千年神樹無病無憂，健康常在。」

雪精靈為蟒蛇爺爺撒下另一片雪花：「祝蟒蛇爺爺春秋不老，松鶴常春。」

再來轉身飛到胖胖花仙子旁，灑下祝福的雪花：「願你擁抱幸福，摟著溫馨。」

草莓姐姐最近太忙太累，身體微羌，雪精靈獻上雪花祝詞：「恢復活力，永懷健康。」

土撥鼠好心急，踎著雙腳說：「那我呢？那我呢？」雪精靈微笑著說：「心願是風，快樂是帆，樂觀常在。」

最後雪精靈朝往五隻毛蟲蛹頭上撒下祝福，雪花散出美麗的極光色調：「儲備強大的力量你們將蛻變重生，遠離災禍。」

雪精靈說完祝福詞，空中飄起更多美麗雪花，飛散在魔幻島各地，大地準備休養，萬物準備冬眠。

第二十一章
繽紛雪世界

雪緩緩落下，佈滿著銀色的美感，不怕冷的雪狐和雪鹿紛紛踏上覓食之路，其他動物準備冬眠時他們可不能休息，在愈冷雪愈大的世界裡，有不同的活動可以參與，蟒蛇爺爺說：「這太冷了，爺爺身體受不了，我得先回洞穴裡睡覺才行，你們去玩可也要注意安全才行啊！」毛蟲蛹們覺得身體好像也快受不了，零下二十度低溫，感覺都快睡著了……

頑皮蟲說：「遠方那隻白色的雪狐好美喔！雪白身體和雪地根本融為一體了，若不是因為牠站在樹前面，我都快要看不見牠呢！」

大力蟲說：「可是牠沒有笑容吔，看起來好高傲喔！為什麼不來跟我們打招呼？」

胖胖花仙子馬上為雪狐解釋：「雪狐和雪鹿是比較敏感的動物，牠們不是高傲，牠們覓食時會怕其他動物打擾、攻擊，所以總是小心翼翼，這是一種謹慎的個性。」

嘮叨蟲說：「牠們身上的皮毛好雪亮好美喔！真希望我也有一件這麼美麗的雪衣。」

胖胖花仙接著說：「你們毛蟲蛻變後，顏色和姿態會更美，別太羨慕啦！」

雪愈下愈厚，把周圍的樹枝和樹梢都蓋上雪白色，土撥鼠搓搓雙腳說：「實在太美了，但也實在太冷了，我們快回洞穴裡睡覺吧！」草莓姐姐凍到臉部都乾扁了，望著滿天雪落下，急忙與大伙一同躲進洞穴裡。

第二十二章
冬眠

寂靜的夜空飄著皓皓的雪，冷空氣和銀白色大地相映成一片絕美的風情，漫天雪白，凌空飛舞的雪花飄飄灑灑，動物們躲在洞穴裡一一睡去，蟒蛇爺爺捲著身軀窩在最裡面的位置，胖胖花仙子在悠悠藍光的洞庭上方沉沉睡去，土撥鼠和草莓姐姐一同睡著取暖，毛蟲蛹們掛在樹梢上休眠滯育，萬物寂靜無聲，絕美的冬景和雪地為動物們的冬眠做好萬全準備。

無聲無息，無憂無慮，雪花的晶體在冬日暖陽照耀下透著一絲亮光，這道亮光似乎在告訴萬物：「休息是為了走更長遠的路！」

第三部曲
敬請期待毛蟲們帶領下一段旅程
3D電腦繪圖呈現新穎驚奇新文創風格

後記

從小在三重阿姨家成長的我，受到表哥表姐們滿滿愛的照護，雖然未曾讀過幼兒園，但阿姨、姨丈給予十足民主自由的教育，培育了我獨立自主的人格特質。

阿姨家開著小雜貨店，我每天像跟屁蟲，隨著表姐看店及銷售商品，潛移默化的學習到算術。空檔中，常自個兒偷溜去書店，猛K各式各樣的書，自然而然地認識了好多文字。去遊樂場打彈珠也是我創新的記錄，使我後來運動表現都還算優良。

每日常常獨自一人起床，腦海總是幻想著今兒個要到哪個神秘世界遊玩，創造許多遊戲及可愛角色與自己共遊，自創玩伴便是我的童年最深刻快樂的回憶，無人知曉，也許《毛蟲怪奇幻冒險旅程》中創造的角色及遊戲場景就是童年內心深處的奇幻世界。

之後，成為母親的我，也讓孩子們在遊戲中成長，陪他們玩樂高積木、聽故事、講故事，將塗鴉畫作貼滿牆上，不知他們是否猶記得這些童年回憶。

童年短暫，能陪伴他們一起成長的過程如此美好，期盼身為家長的我們，每天花一些時間陪著孩子，無論做任何事，相信待她（他）們長大後也會繼續用同樣教育方式傳承給下一代。

Garden friends工作室
皇吟致謝

54

國家圖書館出版品預行編目資料

毛蟲怪奇幻冒險旅程 第二部曲 洪水泛濫／陳
怡薰、皇吟文；Joanna Hsu 圖 —初版.—臺中市：
白象文化事業有限公司，2022. 01
　　面； 公分
ISBN 978-626-7056-40-0（平裝）

863.596　　　　　　　　　　110018111

毛蟲怪奇幻冒險旅程
第二部曲 洪水泛濫

作　　者　陳怡薰、皇吟
插　　畫　Joanna Hsu
發 行 人　張輝潭
出版發行　白象文化事業有限公司
　　　　　412台中市大里區科技路1號8樓之2（台中軟體園區）
　　　　　出版專線：（04）2496-5995　　傳真：（04）2496-9901
　　　　　401台中市東區和平街228巷44號（經銷部）
　　　　　購書專線：（04）2220-8589　　傳真：（04）2220-8505
專案主編　陳媁婷
出版編印　林榮威、陳逸儒、黃麗穎、水邊、陳媁婷、李婕
設計創意　張禮南、何佳諠
經銷推廣　李莉吟、莊博亞、劉育姍、李如玉
經紀企劃　張輝潭、徐錦淳、廖書湘、黃姿虹
營運管理　林金郎、曾千熏
印　　刷　基盛印刷工場
初版一刷　2022 年 01 月
定　　價　340 元

白象文化　印書小舖 PressStore 出版 · 經銷 · 宣傳 · 設計
www.ElephantWhite.com.tw　f 自費出版的領導者　購書 白象文化生活館